夕茜
Fukami Kenji
深見けん二句集
ふらんす堂

目次

第Ⅰ章 …… 5
第Ⅱ章 …… 27
第Ⅲ章 …… 61
第Ⅳ章 …… 99
あとがき …… 117
季題索引 …… 120

句集 夕茜

第Ⅰ章

五七句

滑空の翼の張りや夏燕

天上は澄みわたりけり朴の花

光りしは蟻の運べるものの翅

雨の中蛍袋を蜂離れ

五月雨の雨垂太く白くなり

壁に日の当りてをれど梅雨最中

象潟や此度も雨の合歓の花

襟元の蟻を叩きて樹を見上げ

すゞき茂代表「ペンギン」一〇号

ペンギンも花鳥諷詠大南風

鬼灯の花も眺めの鉢届く

夏帽子かぶり直して大荷物

窓少し開けてありたる夜の秋

大西瓜もて余しつつ老楽し

かぶりつく西瓜の汁や鼻の先

丹精の西瓜上高地の西瓜

庭に出て一人眺むる盆の月

福島をふるさととして盆の月

食事毎南瓜を食べて育ちたる

映りては去る人影や秋の水

NHK学園笛吹市俳句大会二句

秋日濃き山廬の庭や蟻走り

葡萄食ふ葡萄の里に集まりて

庭からもその明るさの望の月

妻の音我が音長き夜となりぬ

今のことこれからのこと夜の長き

孫弟子も少くなりて子規祀る

閼伽桶を提げて見てゆく曼珠沙華

蘂が揺れ茎ごとに揺れ曼珠沙華

昨夜降りて日和となりぬ秋彼岸

霊園の薄紅葉とも眺めやり

遠くより見えて欅の薄紅葉

又別に秋の水輪を拡ぐもの

色鳥や蔵町通りここに尽き

里富士の裾の家々小鳥来る

梨届きその日福島又地震

日の残りゐて白々と後の月

欅より歩き出したる秋日和

冬に入る遠山ほのと夕茜

送り出て又立話初時雨

落葉踏む二人の音の外はなし

みちのくへつづく銀河や青邨忌

師の齢に近づき遥か青邨忌

熱燗や口下手にして情深く

庭手入済みたる庭の冬日かな

福島県外在住功労者知事表彰受賞

福島へ思ひ一入霜の声

何時しかに永き縁や年忘

どの家も小ぶりの松を立て静か

わが庭も紺青の空お元日

若水を汲むや一面靄立ちて

初富士や遠山脈（やまなみ）のその遥か

数の子や老いていよいよ虚子のこと

餅花や青邨門を誇りとし

桃色の襟巻ゆるく楽しげに

師を称へ父を敬ひ竜の玉

老いゆくは新しき日々竜の玉

臘梅の日陰に落ちて濃く匂ふ

曾孫　清志郎

この寒さ飛ばす産声上げにけり

悼　綾部仁喜様

しみじみと葉書の懇書寒灯下

第Ⅱ章

九六句

リハビリの赤いボールや下萌ゆる

九十を越してもバレンタインの日

犬ふぐり天道虫のこぼれ出づ

おくれたる紅梅なれど凜々と

紅梅や朝々唱ふ御文章

病妻を頼みの暮し冴返り

家毀つ音のひびけるもの芽かな

孫・真子大学合格

これよりは学ぶ楽しみ合格す

屋根の上人歩きゐる春日かな

潦雲を映して囀れる

老妻の飾りし雛を今日も見て

雛の日の一稿かくて仕上りぬ

穴を出し蟻一匹に庭動く

啓蟄の日は傾きて地に充てり

悟ることなくて信心彼岸来る

見るうちに開き加はり初桜

流れゆく花の影又人の影

この花に今年も会ひて寿(いのちなが)

虚子塾に通ひし日々や虚子忌来る

花過ぎて雪の降りたる虚子忌かな

俳小屋の虚子まなうらに遅き日を

展宏さん春あけぼのの夢の中
かたくりの遠くの花へ風移り
遠足の教師のかくれ煙草かな

家の中灯りてくらし蝶の昼

師を亡くし昭和終りぬ昭和の日

引きつゝも寄せ来る波に春惜む

花水木通りの花のいつせいに

一病とつきあひつつも更衣

街へ出ることも少く更衣

孫既に一家をなして子供の日

新緑やどの家も皆年を取り

咲き揃ひ空に碧しや南部桐

桑の葉に蟻一匹と蠅二匹

一人よくしゃべる三人夏帽子

あめんぼう心仲々定まらず

夕月やみづみづしくも栗の花

雨風に匂ひて遠き栗の花

黒南風の波明らかに清洲橋

立ち止る蟻と一緒に考へる
考へることの多しや蟻も又
どこからか何時からとなく蟻の道

頂の雲間に見えて山開

自らその俳諧の茂かな

小圷健水句集『六丁目』

遠くより扇子を持つて現れし

歩み去る白くまぶしき夏帽子

海の日の終るしばしの夕茜

介護士の腕のほどよき日焼かな

冷蔵庫替へ新しきものの位置

うしろより夕日の当り雲の峰

なほ残る二重の虹や乳母車

朝顔の昨日今日なる紺の張り

未だ街にほてりの残り月上る

盆過の雨たつぷりと潦

雨上る秋海棠を庭に剪り

虚子の軸かけ「花鳥来」子規祀る

悼　上井みどりさん

上高地その水澄めど君は亡し

又もどり揚羽はばたく彼岸花

鳴き出しぬ網戸近くのちちろ虫

咲きそめし紫苑一束贈物

飾りある曾孫の写真や虫の宿

月を見に下りたる庭の虫時雨

雲いつかふえしといへど月今宵

秋簾垂らせるままに住みなせる

対岸の窓に夕日や鰯雲

新しき眼鏡をかけて夜学かな

ともどもに老を養ひ十三夜

門を出てわが町筋の十三夜

庭採りの数にはあれどむかご飯

急流に棹さす舟や紅葉狩

一日づつ蕾ふつくら垣の菊

情厚き人に囲まれ露の日々

若者の額に日ざし冬立ちぬ

川音をへだて小春の町二つ

山茶花のこぼれ一口又過ぎぬ

木の肌に日の当りつつ時雨れけり

「花鳥来」百号

百号といふ冬麗や花鳥来

齢重ねひとりひとりの小春かな

月詣でにはあらねども寺小春

霜月のリハビリ一と日一と日かな

空深く木の葉一片舞ひ上る

鎌倉へお供幾度青邨忌

襟巻を脱ぎて遅刻の詫言葉

来てくれし長男夫婦煤払

松立ちてわが町筋もあらたまり

お隣の窓も灯ともり年歩む

秒針の躍る如くに年迎ふ

神ながらなる若水の迸り

若水を運ぶたぷ〳〵たぷ〳〵と

息細く吐いて一人の初稽古

色あふれ七百号の虚子かるた

松田美子主宰「春潮」七百号

畑あり家あり遠く枯木立

夕方は晴れて日当たる室の花

立読の娘真白き襟巻を

寒禽の音なく畑にひらめきぬ

寒林を染むる夕日に我が頬も

第Ⅲ章

一〇五句

薄氷に明けの茜のさしわたり

手入して先代よりの梅の花

住み旧るといふべかりけり庭の梅

踞む人立つ人映り蝌蚪の水

映る木の枝くねくねと蝌蚪の水

立子忌の過ぎたる杭に蝌蚪一つ

ゆれやうも流れのままに水草生ふ

ゆれやうの一つとりわけ水草生ふ

御縁ともお陰とも今日あたたかし

三月十日　悼原田桂子さん御義母

桜貝大きな星となられたる

軒こぼれ初蝶の黄の濃かりけり

杖とめてものの芽にとりまかれけり

口々にふくらむことを桜の芽

朝寝して虚子先生が夢枕

桜の芽遠くにけむりさくらいろ

今まさに働き盛り初桜

枝々に夕日なほある彼岸かな

就中吉野の大人（うし）の花便り

三月二十八日　悼田中良子さん

悲しみのひとときはなりし花の冷

山門の無き石段や落花踏み

遠くまで日の当りをり花堤

安原葉主宰「松の花」八百号

中越の風雪に根を松の花

少し葉の見えし落花のしきりなる

屋根同人会

立子賞加へ一門百千鳥

震災のテレビを消せば春の宵

それぞれに歩く川べり蝶の昼

春惜む展宏さんの葉書手に

牡丹散る忽ち蟻の走り寄り

老けまじと菖蒲鉢巻結びけり

波立たせ香り一入菖蒲風呂

森深く尋ねるとなく余花に会ふ

その端といへ武蔵野のみどりかな

水影に雨の一滴花菖蒲

花よりも濃きくれなゐや夏落葉

一休みして唇へ祭笛

荒神輿傾き脚のふん張れる

万緑や一家のかこむ車椅子

芝刈機一と日堤に音を立て

昌平寺開基住職小畑俊哲師胸像台座へ

目つむれば今も涼しき師のお声

よく滲む梅雨満月を庭に見て

茶畑もあり万緑の谷戸住まひ

根を張つて六百年の大夏木

やや錆びて風にもみ合ふ栗の花

二羽ならず三羽も飛んで通し鴨

そこだけに夕日を集め雲の峰

胸像のはやくも馴染む茂かな

雨粒を落とす雲あり蟬の声

店内をまづ窺へる夏帽子

声かけて通るひとあり夕涼み

老人は家にひつそり日の盛り

炎帝や森に狂ひの曼珠沙華

送火を焚きてその夜の雨の音

高虚子も同じ戌年走馬燈

熊本に続く残暑を日々思ふ

葉の黄ばむほどに照りつけ秋暑し

朝顔の咲く窓開いて顔覗く

つらなりて雨雫とも露雫

走る人杖つく人や夕蜻蛉

数ふえて一つ一つの夕蜻蛉

雲の峯らしきも染まり秋の暮

滲み消え滲み現れ今日の月

草陰に跼むも立つも月の友

天心となりたる月に川の音

秋風や彫れば仏の現るる

何やかやあれど快音稲刈機

祝 朔出版

三日月を更に望月仰ぐべく

としよりの日や屋上に船眺め

切々と厨に近く朝の虫

玄関に飾れる柿も食べ頃に

こおりやま文学の森資料館特別企画展　深見けん二　六句

仲秋や我を生みたるこの山河

窓磨く長距離バスや朝紅葉

みちのくの欅紅葉はかく美（くわ）し

なつかしきみちのく詋水澄める
石蕗の花映れる池を錦鯉
なほ続く除染を思ひ身にぞ入む

穭田や遠く波立つ鹿島灘

何からとなく末枯れて日の当り

やや寒の人形焼きを老夫婦

茶の花や茶畑ありしこのあたり

顔セに音を立てたる木の葉かな

一と雨のありたる今日の小春かな

毎月のお寺の句会小六月

ここに来てわが人生の小春かな

東京の空に雪雲花八手

青邨忌近づき寒さ一と日づつ

わが頬を燃やし励めと冬日あり

眺めるとなく見て庭の冬の草

野沢菜の漬物うまし冬籠

明々と未だ灯ばかりの年の市

枯蔓の影重なりて壁に揺れ

しばらくは雲に滲める初日の出

若水の両手に珠と弾けたる

吹きさましつつ香りたる雑煮かな

初富士や次なる駅は富士見台

こんがりと焼け腰のなき雑煮餅

伸びぬ餅なれども食べて三ケ日

切山椒長寿は母の余慶なる

初句会虚子の名乗りをなつかしみ

百歳は遠き道のり竜の玉

茜して移る雲あり日脚伸ぶ

日は既に庭に無けれど日脚伸ぶ

餌貰ふ鴨くるくると川の中

孫　真子

成人となる寒紅をうつすらと

待春や流るる雲に飛ぶ鳥に

探鳥の人と別れて梅探る

第Ⅳ章

四七句

変りなき一と日は宝寒明けぬ

薄氷の波の光にまぎれなく

雲は白妙バレンタインのチョコレート

背伸びするものもいくつか犬ふぐり

ふくらみて蕾ともなく桜の芽

枝一つ一つさし延べ桜の芽

ものの芽やあまねく庭に日のさして

姉よりも五つ年下智慧詣

好きこその理系の未来入学す

ほぐれつつ焰いくつか牡丹の芽

桜貝妻の小箱に海の音

朝霞して武蔵野もこのあたり

だんだんに風もをさまりお中日

彼岸会や九十過ぎし者同士

雨　雫　又　雨　雫　初　桜

「屋根」終刊

綺羅星に委ね輝き春の星

孫明日香　大学卒業

胸に秘むる夢に乾杯卒業す

初花のあと冷え冷えと今日も又

日はまさに中天にあり桜狩

永かりし今年の花も何時か過ぎ

奥庭の木戸開けてある残花かな

春宵一刻一雷に家震へ

あちこちの墓に人ゐて蝶の昼

後藤比奈夫先生

鳴く亀もまかり出でたる百寿の賀

翩翻と社頭一竿鯉幟

鯉幟ゆらりと白き腹を見せ

祝「秀」創刊

秀峰の軒端に聳え牡丹咲く

鉄線の花風に浮き風に浮き

一匹の蠅黒々と白き椅子

豆飯や昔の友のみな故人

昌平寺遠山久敬住職住職継職奉告法要

聖人の像に枝垂れて梅は実に

この日このお寺を包み風薫る

角川「俳句」六十五周年

健脚の六十五年お花畑

水玉のくるりと伝ひさくらんぼ

めいめいに子供の話さくらんぼ

揃ひたる従姉妹ら若しさくらんぼ

長男俊一誕生日

新茶古茶その味はひも一入に

青梅雨や鎌倉五山しづもれる

夕焼や遠くかすかに救急車

だんだんに月の面となり涼し

龍子誕生日

一刻の珠と過ぎゆく夕涼み

いただきし団扇一日持ち歩く

次男慎二誕生日

自ら緑蔭をなし一家あり

緑蔭をなし名木の藪椿

鬼ぐるみ名木にしてその茂り

蟻地獄同じところに新しく
あれほどの暑さのこともすぐ忘れ

あとがき

一昨年三月、「花鳥来」の皆様のおかげで、『深見けん二俳句集成』が出版されました。その中に、平成二十六年初夏までの句も『菫濃く』以後として収めました。

その後、家人は癌が放射線治療と行き届いた在宅介護のおかげで安定し、家事を続けることが出来、私もゆき届いた治療やリハビリのおかげで、家で共に生活を続けることが出来ました。外出はままなりませんでしたが、「花鳥来」の皆様のおかげで、何とか従来通り俳句を作り続けることが出来ました。

それらの句は、「花鳥来」「木曜会」の句会に投句して、一年後、四季三十句ずつ「珊」に発表して来ました。
その句が少し溜りましたので、句集としてまとめることとしました。九十五歳の夏までの約三年間の三百五句です。
句集名は、「冬に入る遠山ほのと夕茜」の句から「夕茜」としました。
出版は、今回も、ふらんす堂のお世話になりました。
あらためて、御縁をいただいた方々に心から御礼申し上げます。

平成三十年一月

深見けん二

著者略歴

深見けん二（ふかみ・けんじ）

大正11年3月5日　福島県郡山市高玉鉱山に生る
昭和16年高濱虚子、17年山口青邨に師事
句集『父子唱和』『花鳥来』（第31回俳人協会賞）『日月』（第21回詩歌文学館賞）『蝶に会ふ』『菫濃く』（第48回蛇笏賞）『深見けん二俳句集成』など。
著作に『虚子の天地』『四季を詠む』『折にふれて』『選は創作なり―高浜虚子を読み解く』編著『高濱虚子句集　遠山』など。第13回山本健吉賞・福島県外在住功労者知事表彰。
歌人小島ゆかり氏との共著『私の武蔵野探勝』。
「花鳥来」主宰、「ホトトギス」「珊」「秀」同人。
俳人協会顧問、虚子記念文学館理事、日本文藝家協会会員。
楊名時太極拳師範。

現住所　〒359－0024　所沢市下安松50－32

・季題索引

あ

青梅（あおうめ）夏……一一一
青梅雨（あおつゆ）夏……一一三
秋風（あきかぜ）秋……八四
秋簾（あきすだれ）秋……五〇
秋の暮（あきのくれ）秋……八二
秋の日（あきのひ）秋……一三
秋の水（あきのみず）秋……一三・一七
秋晴（あきばれ）秋……一八
秋彼岸（あきひがん）秋……一六
朝顔（あさがお）秋……四六・八一
朝寝（あさね）春……六七
暖か（あたたか）春……六五
熱燗（あつかん）冬……二〇
暑し（あつし）夏……一一六
水馬（あめんぼ）夏……四〇
蟻（あり）夏……七・九・四〇・四二
蟻地獄（ありじごく）夏……一一六
犬ふぐり（いぬふぐり）春……二九・一〇二
稲刈（いねかり）秋……八四
色鳥（いろどり）秋……一七
鰯雲（いわしぐも）秋……五〇
薄紅葉（うすもみじ）秋……一六
薄氷（うすらい）春……六三・一〇一
団扇（うちわ）夏……一一四
海の日（うみのひ）夏……四四
梅（うめ）春……六三
末枯（うらがれ）秋……八八
襟巻（えりまき）冬……二四・五六・六〇
遠足（えんそく）春……三六
炎帝（えんてい）夏……七九
扇（おうぎ）夏……四三
桜桃の実（おうとうのみ）夏……一一二
送り火（おくりび）秋……八〇
お玉杓子（おたまじゃくし）春……六四
落葉（おちば）冬……一九
お花畠（おはなばた）夏……一一一

か

柿（かき）秋……八五
数の子（かずのこ）新年……二三
霞（かすみ）春……一〇四
片栗の花（かたくりのはな）春……三六
門松立つ（かどまつたつ）冬……二三・五七
南瓜（かぼちゃ）秋……一二
亀鳴く（かめなく）春……一〇八
鴨（かも）冬……九六
歌留多（かるた）新年……五九
枯木（かれき）冬……五九
枯蔓（かれづる）冬……九二
寒明（かんあけ）春……一〇一
寒禽（かんきん）冬……六〇
元日（がんじつ）新年……二二
寒燈（かんとう）冬……二五
寒紅（かんべに）冬……九七
寒林（かんりん）冬……六〇
菊（きく）秋……五二
虚子忌（きょしき）春……三五
切山椒（きりざんしょう）新年……九五
桐の花（きりのはな）夏……三九
雲の峰（くものみね）夏……四五・七七
栗の花（くりのはな）夏……四一・七七
黒南風（くろはえ）夏……四一
薫風（くんぷう）夏……一一一
稽古始（けいこはじめ）新年……五八
啓蟄（けいちつ）春……三三
敬老の日（けいろうのひ）秋……八五
鯉幟（こいのぼり）夏……一〇九

紅梅（こうばい）春……三〇
蟋蟀（こおろぎ）秋……四八
子供の日（こどものひ）夏……三九
小鳥（ことり）秋……一七
木の葉（このは）冬……五五・八九
木の芽（このめ）春……六七・一〇二
小春（こはる）冬……五三・五四・五五・八九・九〇
更衣（ころもがえ）夏……三八

さ

冴返る（さえかえる）春……三〇
囀（さえずり）春……三二
桜貝（さくらがい）春……六六・一〇四
桜狩（さくらがり）春……一〇七
山茶花（さざんか）冬……五三
五月雨（さみだれ）夏……八
寒し（さむし）冬……二五
残花（ざんか）春……一〇七
三ガ日（さんがにち）新年……九四
残暑（ざんしょ）秋……八〇・八一
紫苑（しおん）秋……四八
子規忌（しきき）秋……一五・四七
時雨（しぐれ）冬……五四
茂（しげり）夏……四三・七八・一一五
下萌（したもえ）春……二九
芝刈（しばかり）夏……七五
霜（しも）冬……二一
霜月（しもつき）冬……五五
秋海棠（しゅうかいどう）秋……四七
十三詣（じゅうさんまいり）春……一〇三
春暁（しゅんぎょう）春……三六
菖蒲刀（しょうぶがたな）夏……七二
菖蒲湯（しょうぶゆ）夏……七二
昭和の日（しょうわのひ）春……三七
新茶（しんちゃ）夏……一一三
新年（しんねん）新年……五七
新緑（しんりょく）夏……三九・七三
西瓜（すいか）秋……一一
涼し（すずし）夏……七五
煤払（すすはらい）冬……五六
納涼（すずみ）夏……七九・一一四
青邨忌（せいそんき）冬……二〇・五六・九一
蟬（せみ）夏……七八
雑煮（ぞうに）新年……九三・九四
走馬燈（そうまとう）秋……八〇
卒業（そつぎょう）春……一〇六

た

探梅（たんばい）冬……九七
遅日（ちじつ）春……三五
茶の花（ちゃのはな）冬……八九
仲秋（ちゅうしゅう）秋……八六
蝶（ちょう）春……三七・七一・一〇八
月（つき）秋……四六・八三
月見（つきみ）秋……八三
梅雨（つゆ）夏……八
露（つゆ）秋……五二・八一
梅雨の月（つゆのつき）夏……七六
石蕗の花（つわのはな）冬……八七
鉄線花（てっせんか）夏……一一〇
通し鴨（とおしがも）夏……七七
常磐木落葉（ときわぎおちば）夏……七四
年の市（としのいち）冬……九二
年忘（としわすれ）冬……二一
蜻蛉（とんぼ）秋……八二

な

梨（なし）秋……一八
夏木立（なつこだち）夏……七六
夏燕（なつつばめ）夏……七
夏の月（なつのつき）夏……一一四
夏帽子（なつぼうし）夏……一〇・四〇・四四・七八
虹（にじ）夏……四五
入学（にゅうがく）春……一〇三
入学試験（にゅうがくしけん）春……三一
合歓の花（ねむのはな）夏……九
後の月（のちのつき）秋……一八・五一

は

蠅（はえ）夏……一一〇
初句会（はつくかい）新年……九五
初時雨（はつしぐれ）冬……一九
初蝶（はつちょう）春……六六
初花（はつはな）春……三四・六八・一〇五・一〇六
初日（はつひ）新年……九三
初富士（はつふじ）新年……一三・九四
花（はな）春……三四・六八・六九・一〇七
花菖蒲（はなしょうぶ）夏……七三
花冷（はなびえ）春……六九
花水木（はなみずき）春……三八
春惜む（はるおしむ）春……三七・七一
春の日（はるのひ）春……三一
春の星（はるのほし）春……一〇六
春の宵（はるのよい）春……七一・一〇八
春待つ（はるまつ）冬……九七
バレンタインの日（ばれんたいんのひ）春……二九・一〇一
万緑（ばんりょく）夏……七五・七六
日脚伸ぶ（ひあしのぶ）冬……九六
彼岸（ひがん）春……一三・六八・一〇五
彼岸会（ひがんえ）春……一〇五
日盛（ひざかり）夏……七九
穭田（ひつじだ）秋……八八
雛祭（ひなまつり）春……三二
日焼（ひやけ）夏……四四
葡萄（ぶどう）秋……一三
冬草（ふゆくさ）冬……九一
冬籠（ふゆごもり）冬……九二
冬の日（ふゆのひ）冬……二一・九一
冬晴（ふゆばれ）冬……五四
鬼灯の花（ほおずきのはな）夏……一〇
朴の花（ほおのはな）夏……一七
蛍袋（ほたるぶくろ）夏……八
牡丹（ぼたん）夏……七二・一〇九
牡丹の芽（ぼたんのめ）春……一〇四
盆（ぼん）秋……四六
盆の月（ぼんのつき）秋……一二

ま

松の花（まつのはな）春……七〇
祭（まつり）夏……七四
豆飯（まめめし）夏……一一〇
曼珠沙華（まんじゅしゃげ）秋……一五・四八
三日月（みかづき）秋……八四
水草生う（みくさおう）春……六五
水澄む（みずすむ）秋……四七・八七
南風（みなみ）夏……九
身に入む（みにしむ）秋……八七
零余子飯（むかごめし）秋……五一
虫（むし）秋……四九・八五
室咲（むろざき）冬……五九
名月（めいげつ）秋……一四・四九・八三
餅花（もちばな）新年……二三
ものの芽（もののめ）春……三一・六六・一〇三
紅葉（もみじ）秋……八六
紅葉狩（もみじがり）秋……五二
百千鳥（ももちどり）春……七〇

や

夜学（やがく）秋……五〇
八手の花（やつでのはな）冬……九〇
山開き（やまびらき）夏……四三
漸寒（ややさむ）秋……八八
夕焼（ゆうやけ）夏……一一三
行く年（ゆくとし）冬……五七
余花（よか）夏……七三
夜長（よなが）秋……一四
夜の秋（よるのあき）夏……一〇

ら

落花（らっか）春……六九・七〇
立冬（りっとう）冬……一九・五三
竜の玉（りゅうのたま）冬……二四・九五
緑蔭（りょくいん）夏……一一五
冷蔵庫（れいぞうこ）夏……四五

臘梅（ろうばい）冬……………………二五

若水（わかみず）新年……………二三・五八・九三

句集　夕茜

発行日　2018年3月5日　初版発行

著　者　深見けん二©

発行人　山岡喜美子
装丁者　君嶋真理子
印　刷　日本ハイコム㈱
製　本　㈱松　岳　社

発行所　ふらんす堂
〒182－0002 東京都調布市仙川町 1－15 －38 －2F
Tel 03(3326)9061
Fax 03(3326)6919
www.furansudo.com

定価＝2000円＋税

ISBN978-4-7814-1032-6 C0092 ¥2000E
Printed in Japan